CW01072483

Paul Kraft

Gedichte

outlook

Paul Kraft

Gedichte

1. Auflage | ISBN: 978-3-75238-905-0

Erscheinungsort: Frankfurt am Main, Deutschland

Erscheinungsjahr: 2020

Outlook Verlag GmbH, Deutschland.

Reproduktion des Originals.

Paul Kraft
Gedichte

Verzweiflung

O Blitze, zuckt in mich hinein
Aus Armut, Zweifel, Sturz und Tod
Und steigert wenigstens meine Not
Zu höherem, wenn auch schwärzerem Sein.
Brennt doch hinein in meinen Geist
Und reißt zerstörend ihn hinab
Und schmeißt ihn weg zu Schutt und Grab,
Wenn innere Not ihn nicht zerbeißt.
Werft Pulver doch in mich hinein,
Schießt meinen Körper doch zusammen,
Ergießt euch, hergesehnte Flammen,
Vernichtend in mein halbes Sein.
Zerbrecht doch meiner Seele Band,
Das überm Abgrund sie noch hält,
Daß sie, so schlaff und schwach gespannt,
Zerrissen in die Tiefe fällt!
Türmt doch in meinem Innern auf
Ein wirkliches, faßbares Weh,
Aus Gift und Blut und Falln im Lauf,
Aus Dämon, Wüste, Nord und Schnee!
Doch nicht dies blasse Halbverzagen,
Doch nicht dies schale Halbverwehn,
Laßt lieber mich ein Ganzes tragen
An Haß und donnerndem Vergehn!
Wirbelt mich durch der Welten Schmach,
Schleift mich durch Tier und dumpfes Sein,
Und wenn ich nicht an mir zerbrach,

Zerbrecht mich doch an anderer Pein!
Doch nicht dies dumpfe Nichtvertraun,
Kein Blitz, kein Blühen, kein Erhellen,
Kein Wald, kein Lachen, keine Quellen,
Kein fester Grund, auf dem zu baun.
Zerrt mich zerknickt durch Höllenmund,
Durch Rauch und Ruten und Spelunken,
Daß ich zerknittert und zertrunken
So tief, o Schmerz, in dich gesunken,
An dir erst werde recht gesund!

An gewisse Andere

Tier im Menschen, Mensch im Tiere,

Eingeschnürt in Nacht-Visiere,

Ewig Grausein, ewig Schlechtsein,

Ewig dumpfes Ungerechtsein,

Kraut im Feld und Rauch im All,

Schlamm auf Straßen, Sturz und Fall,

Staub und Asche, Stank im Blut,

Niedergang und dürrer Mut,

Eure Güte noch ist Haß,

Härte ohne Ziel und Maß.

Eure Nächte erst sind Tag,

Euer Leuchten ist mein Dunkel,

Sein Erlöschen mein Gefunkel,

Wenn ihr schlaft erst bin ich wach.

Ekel spritzt vor euch zur Erde,

O ihr Tiere! O ihr Herde!

Falsch erworbener Stärke Nützer,

Haß- und Niedertracht-Verspritzer,

Allen Schwachen Tyrannei,

Schlägt die Güte ihr entzwei.

Herz! O Herz! Du dennoch Sieger,

Ob ihr spottet, wenn ich mahne,

Ewigdürren Feldes Pflüger

Als des Lebens schlechtste Krieger,

Über Pranger eures Eifers

Bösbehaglichen Gegeifers,

Über euch und euren Hohn,

Über Gott und Gottes Thron
Donnern meine Wort-Orkane,
Wirbelt meiner Güte Fahne.

Lied des müden, abgearbeiteten Großstädters

Was habe ich vom Grün des Sommers denn?
Von Helle und Spaziergängen an Seen!
Wenn Bäume sanft und leicht nach vorne wehn,
Wenn weiße Kinder lachend spielen, wenn
Das Goldene auf dem Blau des Himmels liegt.
Wie sehn'ich mich, das Lichte zu umfassen,
Wenn Sonnen-Schein des Morgens auf den Straßen
Die Welt in neues tiefes Fühlen wiegt.
Was habe ich von schneeigen Wintertagen,
Wenn Ihr, in Kraft und Frische aufgereckt,
Von seltsam-mutigem Gefühl bedeckt,
Durch Kälte hinmarschiert und Wohlbehagen?
Was habe ich von Sichergehn in Gärten
Und Pärken an des Abends weicher Hand?
O schmerzliches Vorbeiwehn an begehrten
Frauen und Weiß und Sternen-Strand.
O schmerzliches Vorbei an Tennisplätzen
Und Neid auf schöne Menschen, die da spielen,
O schmerzliches Einstürmen von Gefühlen,
Die meiner Seele letzten Trost zerfetzen!
O Neid auf Reiter, die durch Morgentau
Und braunen Sand und wunderbare Kühlen
Und wunderbare Frische von Gefühlen
Hinstürmen wie im Lächeln einer Frau.
O Herz! O dunkles Herz! O Durst und Sehnen
Nach Tagen, selig hingespielt im Glanz

Des Nichtstuns, wilder junger Freuden Tanz
Und innigem Genießen alles Schönen.
Schweben durch Pärke, die dich mild umarmen,
Schwimmen durch Seen, die dich sanft umkosen,
Schwelgen im blauen Dufte aller warmen
Süßen, von Purpurschein durchglänzten Rosen.
Baden in Mädchen, die so weich und gut sind
Und die Geliebte stundenlang betrachten
Nicht mehr vergebens — irre nach ihr schmachten
In Betten, die eiskalt und die voll Blut sind.
Und Nächte, die zerbrechen von Gefühlen
Und meiner Seele Berge übersausen.
O Explosion! O Steigerung! O Brausen
Durch Lauben, die mein Denken grün umspülen.
Kein Abgespannt sich in die Stadtbahn werfen,
Nicht mehr stillsitzen auf den hohen Stühlen,
Keine Gehässigkeit, kein Schwarz, kein Wühlen
Im Schmerze meiner überreizten Nerven.
Nur Tage, die in Licht und Hauch versinken,
Nur Nächte, die zergehn in Lustgefühlen,
Und nur durch Taumel schimmerndes Sich spülen
Und nur aus Liebe wieder Liebe trinken.

An die unbekannte Geliebte

An M. S.

I.

Immer bin ich dir nah, Geliebte, ob ich des Abends
Müde mich in gütige Decken wickle
Oder am Morgen von hüllendem Bett aufstehe,
Ob ich, noch halb verschlafen, am Kaffeetisch sitze,
Zitternd vor böser Schule marternder Dumpfheit,
Ob ich auf Straßen gehe, wo Menschen schwirren,
Grinsende Worte mich ekeln, gute mir schmeicheln,
Oder ob ich vor grausamer Arbeit verzweifle:
Immer schwebst du vor mir, besternt und bestrahlt,
Himmel am Abend, goldener Widerschein
Purpurner Sonnen im Meere, leichtes Gewölk,
Duft und Zerfließen, schattiger Wald im Glühen
Drückender Wärmen, unendliche Melodie,
Aufsteigend, schmetternd, rasend und dann vergehend,
Schmeichelnd, peitschend, Seelenatem zerreißend,
Lächelnde Blumen auf brennendes Denken streuend.
Deine Seele, die in verborgene Tiefen
Nur ihr Letztes ausstrahlt, und die ich nicht kenne,
Die sich mir nie enthüllte, liegt dann ganz oben,
Ausgebreitet dem suchenden Blick. Und die Reinheit
Glanzvoller Tage blendet mich, daß ich erbebe
Und Verzückung einatme und seliges Rauschen
Aller strahlenden Flüsse und schimmernden Meere
In mir erklingt und Triumph und funkelnde Glorie

Wie Raketen zu brennenden Höhen steigen
Und die Schwärze zerfliegt und himmlische Fahnen
Wehen, Fanfaren donnern und singende Engel
Leuchtend vom Himmel zur Erde herniedertanzen.

II.

Immer schöpf' ich, Geliebte, aus goldenem Brunnen
Worte (Worte nur!), die dein durchschienenes Antlitz
Auf das weiße Papier abspiegeln sollen und zeugen
Von seinen purpurnen Früchten und ewigen Sonnen.
Wenn ich den Hauch meines Mundes einatme,
      entsteigt ihm
Dein berauschender Duft. Die Süße des Apfels, der
      Birne
Birgt deine Süße und durchfließt mich in tiefer,
Seliger, dunkler, geheimnisvoller Verwandlung.
Und ich fühle die werdende, strömende Weihe
Heiligen Abendmahls, wenn ich in der Würze des
      Brotes
Wahrhaft deinen Leib fühle und deine Glieder
Und bis in innerste, glühendste Tiefen erschaure.

III.

O Gefühle, bedrückende und aufreißende
Gefühle: daß ich, ungekannt, ungeliebt von dir,
Altar dir auf Altar errichte wie einer Göttin,
Lichter um dich entzünde und schwebende Sterne.
Wo bist du jetzt? Wo fliegen deine Gedanken?
In leichten Lüften? In dumpfer Niederung?
Im Atem steigenden Lebens oder in Dünsten

Sinkender Schwäche und zerfallener Krankheit?

Schläfst du schon, eingehüllt in Decken und Kissen,

Ruhig, wunschlos? Oder sehnst du den Leib

Brünstigen Zuckens nach der starken Umarmung

Schauernder Wollust und hinströmender Triebe?

Was soll dies alles? Weiß ich das eine doch nur:

Daß ich hier sitze und schreibe und an dich denke

Und du mir fern bist und — ob du nun weinst oder
  lachst,

Klar oder verworren in dir bist, nicht an mich denkst.

IV.

Du bist die Höhe und ich bin die Tiefe,

Ich fühle mich so klein und verdorben neben dir!

Und wenn uns der Gott der Sterne selber
  zusammenriefe,

Ich fühlte mich immer noch weit entfernt von dir!

Geliebte! ich fühle dich in mir die Tage und Nächte,

Du badest in mir und breitest dich in mir aus.

Du rinnst über meinen Leib und bist das Haus,

In dem ich wohne, und bist der Schlaf meiner ruhigen
  Nächte.

Du bist bei mir, wenn ich Gutes esse und trinke,

Du zerteilst meinen Körper und schwimmst aus mir
  plötzlich hervor!

Und stehst vor mir und lachst und sprichst taumelnde
  Worte und ich versinke

In deinem Duft und fliege dann brennend empor.

Du stehst vor mir und ich fasse dich und stürze in dich
  hinein

Und fühle ein so ganz, ganz unnennbares Entzücken

Und fühle: jetzt kannst du sie alle beglücken!

Und fühle: jetzt kannst du Wein und goldener Becher
    sein!

V.

Es genügt mir ja, einen deiner Blicke zu fangen,

Um glücklich zu sein,

Einmal in deinen blonden Wimpern und Haaren zu
    hangen

Selig — allein.

Einmal in deinem Zimmer vor dir zu beten,

Geliebte!

Und zu wissen, daß du meine Augen fühlst, die blaß
    und zertreten

Vor dir niederfallen, Geliebte!

Was du dabei denkst, ist ja so unendlich egal.

Nur das Wissen,

Daß du meine Blicke auf dir brennen fühlst wie
    Flamme und Strahl,

Wärmt mich wie Decken und Kissen.

Es genügt mir ja, dich einmal durchs Zimmer gehen zu
    sehn,

Geliebte!

Einmal eine Viertelstunde auf der Straße hinter dir zu
    gehn,

Einmal meine Blicke wie Winde um dich zu wehn,

O Geliebte!

VI.

Geliebte! Flüsterndes Wiegenlied! Jede deiner

Wehenden Bewegungen ist das strahlende Feuer von
    erhabenen Bibeln,

Ist Glorie und Wunder wie einst die Bilder in
Kinderfibeln,

Ist Höhe und Zuflucht und Inbrunst. Jeder meiner

Blicke rieselt zerbebt und zerfleht an dir empor.

Alles an dir ist Süße und streichelnde Welle.

Dein Lachen! Deine ironischen Verbeugungen! O,
erfrischende Quelle

Im Walde nach langem Marsche! O Lieder und
jubelnder Chor!

Siegesparadiese umduften mich! Atem gerinnt!

O Geliebte! O segnendes Schicksal! O Haar! O Kleid!

(O wär ich dies Kleid!) O Gesang! O Seligkeit!

Dein Gesicht — (O beschwingtestes Eigenschaftswort,
das mir jetzt fehlt, komme und hauche dich in
mein Ohr) —

Dein Gesicht legt sich auf mich wie sanfter
Sommerwind!

Deine Stimme steigt unendlich in strömendem
Goldklang und singender Süße empor.

Jede deiner Bewegungen ist ein Schritt tiefer in mein
Herz,

In die verzehrende Sehnsucht meiner zitternden Qual.

Bei jedem deiner Schritte (der näherkommt) flattert
meine Seele wolkenwärts,

Bei jedem deiner Schritte (der sich entfernt) sinkt sie
(ein angeschossener Vogel) hinab ins Tal!

VII.

Dein Atem umschlingt die Nächte und Sommer und
Blumen

Und sprüht ihren wärmenden Hauch versüßt noch auf
mich zurück.

Sprüht ihn in mein verlangendes

Lustgespanntes Gesicht.

Dein Auge spiegelt die Tropen und Sonnen und
    Quellen

Und wirft Erfrischung und taumelnde Urwaldpracht

Und Glanz und gesunde Kälte

In meine sehnsüchtigen Augen.

Deine Schritte stoßen an Regen und Donner und Berge

Und schütten durchkühlte Luft und Glorie und Gipfel

Vor meinen in Glück erzitternden

Wonnedurchwehten Körper.

Und wenn ich nie unter deinem Atem zerschmolz,

Spürte ich doch seine Flügel und zwingende Kraft,

Seinen Duft wie im Blühn die Akazien

Und Rauschen wie Sternenseide.

Und wenn ich nie das Geschenk deiner Rede empfing,

Nie Erzklang und Inbrunst, von heiligen Chören
    geformt

In meine trunken geöffnete

Aufgerissene Seele fiel:

Sprang doch schon tausendfach Gold und Fanfare auf
mich

Aus deiner Stimme hinreißender Glocken-Macht,

Sprach doch schon meine gesteigerte Seele im Traum

Lichterdurchtaumelt schimmernde Worte mit dir.

Vor der Wohnung der Geliebten

Ich kam in die Straße voll dumpfen und engen
 Geruches,

Mit niederen Häusern und schmalem und dunklem
 Fußweg

Wo an der Ecke das Haus steht, in dem die Geliebte

Wohnt. — Und es erhebt sich nicht über die Nachbarn

Und stürmt nicht in Wonne über die andern hinaus?

O unbegreifliches Wunder! O trostloses Schicksal!

O Unsinn des Lebens! Und wächst nicht in Glorie und
 Süße

Aufgereckten Bewußtseins und brennenden Stolzes

Zum Himmel und rührt nicht die Sterne mit seinem
 Dach?

Und ich sehe die Mauern, die grau sind vom Schmutze
 der Zeiten

Und weiß (o zerreißende Schauer!), daß sie
 umschließen

Den lachenden Fluß deines Leibes und die erhabene

Musik deiner Seele und das beschwingte Gold deiner
 Stimme.

Sonne umstrahlt mich und unsagbare Seligkeit,

Wonnestürme umrauschen mich und ich sinke

Auf die Schwelle und küsse die Steine und fühle

Das Holz der Treppe, das deine Füße berührten.

Und greife die Klinke der Türe, die deine Hände

Umklammerten und fühle, wie die Gerüche

Deines gebadeten Leibes und deines durchglänzten
 Haares

Über mich fließen und meine Gefühle besternen.

Geliebte! Gefäß aller Gnade! Antrieb zum glühendsten
    Denken!

Wandelnde Anmut! Gewährerin! Schenkendes Leben!

Ewig blühender Baum im Wechsel der seligen Jahre!

Süßestes Schicksal im Dunkel zerstörenden Daseins!
    . . .

Ich ging berauscht und betäubt vom Dufte der
    Stunden,

Und entschwindenden Blicks noch umfaßt' ich das
    göttliche Haus.

Und sank in Betten, in denen Weiche und Güte

Die gedrückten Gefühle des engen Lebens ersticken.

Lied im Bett

O, abends im Bette liegen, wo alles Dumpfe,

Von des Tages eifernden Kämpfen Beschwerte,

Alle Kälte und Dunkelheit von dir sinkt

Und die leichte Seele in innigem Gleichklang
schwingt.

O unter der schützenden Decken wärmender Güte

Liegen, wenn dich angenehme Gedanken erhellen

An sanftes Schicksal, an den Gang der Geliebten,

Die du mit verzückten Gesängen bestrahltest.

Geliebte! Stern zu gutem Schlaf! Erweckerin

Zu gesteigertem Leben! O segnender Schutzgeist du!

Wenn ich in Schnee verirrt war und Eis, dann warst du

Schützende Hütte oben im Dunkel der Berge.

Landhaus im Sommer! Wehendes Silberkleid!

Glorientanz! Brennendes Amen! Beruhigerin! . . .

An dieses zu denken und denken, daß ich so glücklich

Bin und zufrieden und Gold durch die Stunden rinnt.

Gebet des Dichters

O schlimme Qual des Nichterschaffenkönnens,

O unfruchtbare Qual des Nichtentbrennens

(Das Streichholz knarrt und es entspringt kein
    Funken),

Qual will hinaus und Sonne, Nacht und Tag,

Schmerz, Tier und Fahne, Landschaft und Gemach

Und alles, was in dich hineingesunken.

Du zerrst und zerrst. — O allzu festes Tau,

An dem du dir die Finger blutig ziehst,

O Betaltar, wo du vergebens kniest,

O vielgeliebte Frau,

Die nur die flüchtigen Blicke an mich schenkt

Und ihre Tiefen in ihr Herz versenkt.

O Qualen, die in Tönen aus mir fliehen —

Möchten und nur nach innen glühen!

O Seligkeiten, die im Wort erglänzen —

Möchten und nur die Seele kränzen!

O süße Schauer, die im Laut entschwingen —

Möchten und nur nach innen singen! . . .

Gott, lodere du in meinem Wort! Ich rufe dich

Mit niegebebtem Schrei! Verschenke dich an mich!

Gott, lodere du im Wort! Falle in mich hinein

Und steig empor — als Flamme, Blut und Schein!

Nacht-Lied

Abende im Bette zu liegen
Unter den Bildern und Sternen
Und im Dufte der Fernen
Selig sich wiegen.

Gleitend in Decken zu fahren
Durch goldene Weiten
Und in Seligkeiten
Durchleuchtet sich baden.

Federn und Laken voll Güte,
Nacht — und Süße —beschattet.
Was im Lichte sich mühte,
Ist nun ermattet.

(Alles löst sich von dir,
Chemie und Mathematik,
Des Lehrers dämonischer Blick
In dein beglänztes Revier.)

Denken an eine Frau,
Die nackt und ganz nah an dir lag,
An Duft von Weiche und Blau
Und Teppichgemach.

Lied beim Aufwachen am Morgen

Morgendlich angeschmiegt
An schmeichelnde Kissen,
Wehes, das dich umfliegt,
Ist nun zerrissen.

Freundlich funkelt noch nach,
Was du im Schlafe genossen,
Was dich, halbträumend, halbwach —
Leuchtend umflossen.

Seidenes und kühles Gedicht
Klingt in dir.
Schwebendes, tanzendes Licht
Verstrahlt an dir.

Glieder werden wie Gold,
Sind so dem Leben entbebt.
Alles ist nun verzollt,
Was du mit Beben gelebt.

Glieder lösen sich sanft,
Werden gewichtlos und leicht.
Liebe, die zu dir sich neigt,
Führt dich aus Nacht in den Tag.

An die entfernte Geliebte

Nun flattern Eisenbahnen um mich her
Und wirbeln ihren Rauch in mich hinein,
Und um mich brandet donnernd Meer an Meer,
Und um mich prallt zerbrechend Sein an Sein.

Nun fliegen Kurszettel durch meine Träume
Und Zahlen schreiten, schwarz — emporgereckt
Durch nüchterner Kontore weite Räume,
Von harten, kalten Stimmen aufgeschreckt.

Nun taumeln in Kupees von Stadtbahnzügen
Der Lichtreklamen Strahlen-Helligkeit
Und Nacht und Straßen, Menschen, Mond und Lügen
Vorbei an meiner müden Traurigkeit.

Nun bist du ganz Phantom und ganz schon Geist
Und ganz entschwebtes Glück, ungreifbar fern,
Und nicht mehr Wille, der zu Sternen weist,
Und bist selbst nicht mehr Heimat, nicht mehr Stern.

Nun zuckt nur noch in seltnen Augenblicken
Erinnern an dein Lächeln, an dein Kleid,
An deines Gangs unirdische Heiterkeit
Durch mich, ohne mich so nah zu beglücken,

Wie früher es das Jauchzen aller Quellen
Und aller Tänze hingerissene Lust
Und alle Macht von goldenen Wasserfällen
Einschwellen ließ ins Toben meiner Brust.

Nun ist die zuckende Flamme, die mich zwang,
Verse zu schreiben voll von deiner Süße,
Tönend vom leichten Schreiten deiner Füße

Und deines Haares sonnigem Gesang,

Verlöscht und Funken nur aus Asche glühen,

Wo sonst ein Feuer lodernd aufwärts schlug,

Um über Unkraut und verdorrten Trug

Helle und Seligkeit ins All zu sprühen…

Und doch weiß ich, daß, wenn dein Blick in Flammen

Purpurn nur einmal wieder auf mir brennte,

Aufstiege Segen aller Elemente

Und strahlend schlüge über mir zusammen.

Trennungsschmerz

Werner Kraft zugeeignet.

O dumpfer Tod der Einsamkeit!

O schwere Nacht! O Tränen-Nacht!

Verfluchtes Kranken an der Zeit,

Die deine Seele umgebracht!

O Kopfschmerz, der mich rasend packt,

O Hämmer gegen meine Stirn!

O Blitze über mein Gehirn,

So pest-durchbellt und grell-durchzackt!

O Denken kurz und klein gehackt!

Nun fährt der Freund in Nacht hinaus

Und Blühen, Lachen, Helle aus

Und gelbes Schwanken in der Welt,

Die höhnend mich umklammert hält.

O Seele du, zerbrich mir nicht,

O daure über dumpfe Zeit!

Laß Einsamkeit und Einsamkeit,

Daß all ihr Haß an dir zerbricht!

Schlägst du dich auch am Boden wund,

Und wundgekratzt und wundgehaun,

Halt klar die Stirn! Preß zu den Mund!

Und springe über Nacht und Graun,

Denn manches ist noch aufzubaun,

Denn deine Seele ist noch gut

In diesem frevelnden Geschlecht,

Das hart und seelenlos und schlecht

An Staub verwest und Gift im Blut.

Und ist es so tief unter dir,
So schweb' du lachend über ihm!
Ja Mensch, ja Cherubim
Gegen Teufel und Tier!!

Das neue Erlebnis

An R. F.

Wenn ich dich liebhabe, was
geht's dich an? Philine.

O unbegreiflicher Anhauch der Liebe!

Ahnung des holden Etwas, das dich Durchglänzte
umfängt

Und holder auf mich Erzitternden weht.

Ahnung des seligen Klanges deiner Stimme!

Selig wodurch? O Unbegreiflichkeit!

Mischung der frohen Farben deiner Haut

Und reizende Zusammenstellung deiner Worte!

Weißt du, daß ich dich liebe, tausendfach Geliebte,

Gesteigerte im Traum sehnsüchtiger Stunden?

Kind, das ich bin! O Herz, sei doch zufrieden!

Ihr Was und Wie! taucht in den Schlund zurück,

Aus dem ein fahler Wirbel euch gebar.

Was ist da viel zu fragen und zu denken?

Gott warf es in dich, und so ist es gut!

Genug, dein Sinn genießt, dein Herz erbebt,

Die Seele stürzt in Blaues und Smaragdenes,

Worte aus ihrem Mund sind süß zu hören,

Gerüche ihres Haares sind mild zu schmecken,

Und Atem deines Mundes! Und Augen klar und tief!

Und süß darin sich spiegeln, Lachen hell

Und süß verklärend dein Gesicht und süß,

Nicht minder süß, mich zu verklären…

Seele! So jauchze doch dem Leben zu!

Seele! Dank' deinem Gott!

Sehnsucht

Einmal nur dich wiedersehn,
Dir zu Füßen fallen,
Meine Blicke um dich wehn,
Blondeste von allen!
Daß dies Zimmer einmal noch
Meine Lust umschließe,
Seinen Schimmer einmal noch
Über mich ergieße,
Einmal noch dein goldener Gang
Mir vorüberschwebe
Und mein Herz im Überschwang
Einmal noch erbebe!
Daß dein Aug' noch einmal nur
Gold und Güte sprühe,
Einmal hinter deiner Spur
Noch mein Schritt erglühe!
Räume zwischen uns, vergeht!
Wirbelt uns zusammen,
Daß, was brünstig sie erfleht,
Seele mag entflammen!
Dein Gesang, der mir nicht tönt,
Wird mich mild umrauschen,
Daß ich, gütig und versöhnt,
Lauschen kann, nur lauschen.
Lächeln, das nicht mir erglüht,
Wird mich grün umranken,
Daß mein zitterndes Gemüt

Danken kann, nur danken.
Und dein Blick, der mir nicht gilt,
Mich zu Sternen heben,
Daß mein Herz, von Gott erfüllt,
Schweben kann, nur schweben!

Du nur
bist Licht und Luft und Element

Mein Herz schlägt desto feuriger nach dir,

Je dicker sich die Zeit ballt, die uns trennt,

Und bäumt sich in der Glut, die es verbrennt,

Empor aus dem verpesteten Revier.

Was nicht zu dir gehört, erscheint als Tier.

Du nur bist Licht und Luft und Element.

Und nur d e m Ton gebiet' ich, der d i c h nennt,

Und d e r nur loht und wird zu Kunst in mir.

Dein Herz, schon göttlich und Emblem der Güte,

Von meinen Strophen grenzenlos entfacht,

Ist doch dem Göttlichen nicht so vermählt,

Daß mich nicht auch dein Menschliches beseelt

Im Wirbel deines Blondes durch die Nacht,

Vor dem ich einst in Tau und Tränen kniete.

Die Entschwundene. I.

An M. S.

Dahin! Dahin! Du Leuchter des Altars,
Mädchen! auf ewig nun dahingesunken
Und ewig Blau des Blicks und Blond des Haars,
Darin ich lag, von Duft und Sonne trunken.
Ein anderer faßte diese zarte Hand,
Nicht glücklicher als ich und nicht beneidet,
Denn was ist zärtlicher als dieser Brand
Und diese sanfte Sehnsucht, welche leidet?
Dein Platz ist leer. — Wenn ich ihn wiedersehe,
Wird Kälte aus der Leere auf mich schäumen
Und Sehnsucht sich nach deiner leichten Nähe
In meiner Seele auf zum Gotte bäumen
In milder Traurigkeit und dieses denken:
O dumpfe Qual des ewigen Entferntseins!
Es war so schön, dies selige Sich-versenken
Und diese Lust entbebtesten Besterntseins…
Doch was ist dies, dem ewigen Glück vergleichbar,
Das einst und immer noch mich süß durchquillt:
Bist du auch meinem A u g e unerreichbar,
Ist meine S e e l e doch von dir erfüllt.
Denn dieses frag' ich wieder, immer wieder:
Was ist denn Wirklichkeit? Nichts ist sie, nichts!!
Vor dem E r t r ä u m t e n stürzt die Seele nieder,
Erschüttert von der Größe des Gesichts.
Denn dies frag' ich: Was wären Worte, Sätze,
Und wenn sie tausendstrahlig mich bespülen,

28

Was gegen dieses ungeheure Fühlen,

Mit dem ich meine Seele jetzt benetze?

Da ich dich s a h , wurdest du riesengroß

Und wuchsest blau im Feuer meiner Strophen

Und warfst dich, angefacht und grenzenlos,

Blonde! Flamme! in meiner Seele Ofen.

Als du e n t f e r n t w a r s t , wurdest du Emblem

Von Güte, Mitleid, Wollust, Stern und Gold

Und wurdest von dem Wolken-Diadem

Des Gottes selbst durchrollt

Und ließest stählern mich in dir erhärten,

Denn deine Güte, deiner Stimme Gärten,

Denn deines Gangs befeuernde Gewalt,

Denn deine Blondheit ward in mir G e s t a l t .

Und ob ich dich auch niemals wiedersehe,

Mein Herz ist leicht und wie noch nie geschwellt,

Denn deine goldene, ungeheure Nähe

Braust stets in ihm und, wie sie es erhellt,

Stellt es in Feuer-Hymnen in die Welt.

Da du verloren, bist du erst gewonnen,

Auf immer mir entrückt, entrückst du mich,

Und meine Sehnsucht kreist wie tausend Sonnen

In nie erlebter Strahlen-Kraft um dich.

Aufloht dein Haar und Aug' und Kleid und Gang,

Schlägt brennend in das Blau, wird selbst zum Blau

Und löst sich auf in dem Triumph-Gesang

Entfachter Stärke und geballt im Klang

Von Härte, Locken, Mut und Morgen-Tau.

— So sei gegrüßt und für die Fahrt gesegnet,

Mädchen! Für immer Stern aus meiner Krone,
Auf die, — in Zärtlichkeit zu seinem Sohne —
Der Väterliche auf dem Wolken-Throne
Feurige Flut der letzten Güte regnet.

Die Entschwundene. II.

Ich denke manchmal, daß das keiner kennt:
Dies rasende Geglüh aus tausend Türen,
Und daß dies so gering ist, was uns trennt,
Und zu gering für mich, dich zu verlieren.

Ich denke manchmal, daß dies nie gefühlt:
Wie mich dies Zittern hoch und höher hebt,
Und dieses Dumpfe, das mich niederwühlt,
Mich plötzlich trägt und sanft mit mir entschwebt.

Wie ein Gesicht dies alles in mich wirft,
Kein Wort, kein Kuß, keine Vereinigung,
Nicht Nähe, die geheime Wollust schlürft
Und sich entfacht zu ungeheurem Schwung.

Nicht, daß ihr Kleid mich leise je gestreift,
Ich ihre Haut je im Gedräng' gespürt
Und ihre Hand, die in die Sterne greift,
Jemals die meine hat berührt:

Ein Lächeln nur, ein Blick, auf mich gerichtet,
(War er auf dich gerichtet? Träumst du nicht?)
Ein Auge, aus dem süßen Stoff gedichtet,
Der aus dem Auge meines Gottes bricht,

Beisammensein im gleichen hellen Raume,
Wo du mit deinem Blick sie überfielst,
Ein süßes, liebes Trostes-Wort im Traume,
Das du noch immer in dir brennen fühlst:

Das war Erleben, das noch nie erlebt,
Und war ein Beben, das noch nie gebebt
Und war ein Höher-zittern, Höher-schwellen

Und war ein Taumeln über goldene Wellen

Und war ein Überfließen und Sich-sehnen

Und war ein Stützen und ein Höher-wehn

Und war ein Abend-Glück in Lust und Tränen

Und war ein Morgen-Gang in Laub und Seen

Und ist dies heut in mir wie nie zuvor

Und reißt mich, schwingt mich wie noch nie empor

Und fährt noch einmal mit mir durch die Lüste,

Mit denen damals mich mein Dämon küßte.

Was heißt Verlieren? Gibt es ein Verlieren?

Entschwinden? Denn wo gibt es ein Entschwinden,

Da ja der Brand, den deine Genien schüren,

Sich dir wohl steigern kann, doch nicht entwinden?

Was heißt Entferntsein? Gibt es ein Entferntsein?

Ist sie denn nicht unendlich in der Nähe,

Damit sie dich wie Purpur überwehe

Und deiner Himmel nächtliches Besterntsein?

Ein Ruck, und die Gedanken sind beisammen,

In die du ihre Blondheit hast geballt

Und wie noch nie in solchen süßen Flammen

Erstrahlt dir ihre adlige Gestalt,

Ist da und überschwemmt dich mit Gezitter

Und wirft dich tiefer in das Meer der Lust.

Der Gott erklirrt aus Wolke und Gewitter,

Die Luft vergoldet sich, einstürzt das Gitter

Und über das Gestürzte: — Fleisch und Flitter —

Strömt die erfüllte Sehnsucht in die Brust.

Ein Sonnenaufgang färbt das Firmament,

Da ist ihr Stuhl, und da geht sie entlang,

Wiegend, tanzend, in leicht' und goldenem Gang,

Betaut von Licht und rosenem Gesang,

Und sacht in dir den glühenden Überschwang,

Der selig donnert, daß dies keiner kennt.

Das ewige Erlebnis

An M. S.

Wie? Lächeln mir noch einmal Auge und Gang
    herauf?

Stürzen in mein Gefild noch einmal Zittern und Licht?

Bist du, süße Erscheinung,

Immer noch lebendig in mir?

Monatelang entschwand Blond in Haar und Gestalt,

Und in die Dämmerung dumpfer Vergessenheit

Glaubte ich es gefallen,

Aus der armen Seele verbannt.

Aber das leichte Gefühl sonnigen Frühjahrs um mich,

Kaum schon Frühjahr, nur erst Sonne in kühlerem
    Wind,

Führt dich zu mir herauf,

Tür wieder, Stuhl und Tisch und Gemach.

Aber das gütige Blau dieses erstrahlenden Tags,

Ahnung kommenden Glücks beim Spaziergang im
    Grün,

Leichten, feurigen Schritts

Und erfüllt von freundlichem Licht,

Ahnung herzlicher Lust im Gespräch mit dem Freund,

Jugendlich-heiteren Spotts, hin zur Sonne gewandt,

Die dem lachenden Mut

Mütterlich-segnend zum Siege scheint:

Ist im tiefsten dir nah, nah deinem neuen Gestirn,

Mischt in Morgen und Gold deine Blondheit hinein,

Deines gütigen Augs

Schwesterliche Sendung für mich.

Denn wem e i n m a l ein Blick klarere Täler erschloß,

E i n m a l das Blau eines Auge ehern den Gott
    offenbart,

Einmal ein schwebender Schritt

In dem Chaos die Form gezeigt,

Einmal ein seeliger Blick mitten ins Herz hinein

Aller Liebe Gesetz ewiglich bloßgelegt

Und einer Stimme Blond

Einmal die Flamme entbunden hat:

Dem hält heiliger Bann ewig das Innere fest,

Und der Dämon befiehlt ewig das stürzende Lied,

Und für ewig durchglühn

Stimme und Aug' das anbetende Herz.

Lightning Source UK Ltd.
Milton Keynes UK
UKHW011948230720
367075UK00007B/346